사람은 세월을 그린다

임영모 인문예술 25시집

한누리미디어

"시처럼 살면 인생을 예술처럼 아름답고 길게 살 수 있다."

'시는 무엇인가'를 물으면, '인생은 무엇인가'를 묻는 것과 같다고 했으니, 시는 인간이 가진 감성 감정 촉수 중에서 가장 깊고 넓고 높은 경지의 상상력을 통해 '인생과 자연을 새로이 해석하는 창조의 길이다'라는 셰익스피어의 말처럼, 시인인 내게 있어 시는 자연의 섭리 같은 삶의 희로애락이었다.

"시는 안 들리는 것을 듣는 '귀'이고, 안 보이는 것을 보는 '눈'이고, 안 가본 길을 가는 '발'이고, 생각만 안 해 본 것을 상상하는 창조의 머리이다."

시는 생명을 찾아 아름다운 꽃을 피우는 사랑으로 인간의 영육을 넘나드는 문인 것이다.

천재 물리학자 알베르트 아인슈타인에게 제자가 "죽음이 무엇이냐"고 물었다.

"시란 시를 읽지 못한 것이다."

이렇게 세상에는 사람들이 귀하고 가치 있게 생각하는 '돈, 명예

권력' 등이 있지만, 우주 만물을 연구하는 물리학자 아인슈타인은 '시를 읽지 못한 것이다' 라고 말했다.

그만큼 시 속에는 우주 만물의 이치가 있다는 것이다.

미국 월트 휘트먼이란 세계적인 시인도 "우주 만물 중에서 가장 아름다운 여인이 있으니, 그는 시다"라고 말한 것과 같은 의미다.

세상의 모든 아름다움은 시문학 창작 예술 속에서 나온다. 시학의 창시자 아리스토텔레스는 시의 아름다움을 '진선미'로 정의했다.

'진은 길이요, 선은 마음이요, 미는 아름다움이다.'

이런 진선미가 오늘날에 미스코리아 뽑는 데 쓰이고 최고의 아름다움을 상징하는 데 쓰이고 있다.

이러한 시가 없으면 어찌 '인간이 꽃보다 아름답다' 하겠는가?

모든 생명을 품는 자연 만물의 사랑이 그렇듯, 한없이 주기만 하며 바라보는 어머니의 사랑이 그렇듯, 시는 이 두 품성을 더 신비롭게 새로운 세계로 이끌어 가는 세월이다.

나는 그 세월 속에 사람으로 나서 아름다운 시인으로 산다는 게 자랑스럽다.

죽는 날까지 평생 전문인은 자연과 세월과 더불어 사는 시 예술인 밖에 없으니, 그 시 꽃씨를 심어 놓고 인생을 예술처럼, 삶을 자연처럼 살아가련다.

.

차례

차례

사람은
세월을 그린다

사람은 세월을 그린다

사람에게 주어진 세월
물리적인 돈과 힘으로
정해진 시간을 벗어날 수 없는 소원일지라도
내 생애 삶이 겨울 꿈에서 일어나서
새봄을 만나 새 꽃을 피울 세월 길을 그리며 산다

인생은 사계절 피고 지는 사물의 섭리를 보고
무엇을 얻고 무엇을 내려놔야 하는지
우주 만물의 한 조각으로 그려진 인생이라
어머니 품 안 같은 자연을 닮아 살아가면
무엇을 더 원하고 바랄 것이 있을까

산을 이룬 숲을 보면 알 수 있으니
큰 나무 작은 나무 따지지 않고 산을 이룬 주역이 되어
봄이면 꽃산 여름이면 푸른 산
가을이면 단풍산 겨울이면 눈산이 되어
자연도 세월을 그리며 살고 있지 않는가

산에 나무가 없으면 산이 아니듯
들에 꽃이 피지 않으면 들이 아니듯
나무를 그린 산처럼 꽃을 그린 들처럼
세월의 손을 잡고 사랑을 그리며 살아가련다

꽃의 행복

꽃아 그대는
무엇을 위하여
이 추운
엄동설한을 견디며 꿈꾸는가

봄날에 열흘도 피지 못하면서
그 꿈 하루라도
봄날에 꽃으로 피어날 수만 있다면
그 열흘
백날의 겨울보다
긴 시간 행복의 웃음
과연 꽃이 아름다움을 알겠다

장수 인생 하얀색

인생 10대는 하얀색 20대는 파란색
30대는 노란색 40대는 빨간색 50대는 밤색 60대는 회색
70대는 검은색 그 이상은 색깔이 없다
직업에 상관없이 다시 하얀색으로 돌리고 싶지만
시를 쓰며 시처럼 인생을 살면 가능하다

시는 날마다 어느 것을 보나
하얀색에서 아름다운 풍요의 색깔로 우주 만물과
삶의 희로애락을 세월이 상상과 창조의 손으로 그린다

지금까지 살아온 삶의 공간을 좀 덜어내고
시를 담아 살면 늙지 않으니 육신으로 바쁘게 살며 빨리 죽을 때
육신 100년 영혼 100년 200년을 살 수 있다

젊음은 짧고 노년은 긴 세상이 왔다
시를 쓰면 장수의 꽃길이 보인다
시보다 더 아름답고 사랑스러운 건 없으니
현실의 삶의 멍에는 죽음을 빨리 부르는 시간
시를 쓰며 시처럼 살면 살아서 천국을 맛보며 산다
암흑 그 태초에 시가 있었다 하지 않았던가

들풀 들꽃처럼

내 행복이
너 행복이 되고
우리 모두 행복이 되었으면 좋겠다
너른 들판에
예쁜 들꽃
푸른 들풀처럼
나는 들풀이 될 테니
너는 들꽃이 되어
들풀 밭에 꽃이요
꽃밭에 들풀로 사세나

인생 소망

사람의 인연과 사랑
봄과 꽃의 만남처럼 아름답게
여길 줄 알아야 겨울이 꿈을 준다

악한 것을 보거든
벌레를 보듯 눈을 감고
선한 것을 보면
예쁜 꽃을 보듯
눈을 크게 뜨고 반겨라

힘들다
세상에 태어난 것을
원망하지 마라
세상을 헛되게
살아왔는지를
지금 양심의 거울을 보며
살아서 천당 갈 삶을 살기를…

새해 나이

아무리 아무리 세월이 가도
새해가 되면
나는 옛날 고향의 나이다
때때옷 입고
골목을 누비던
그 날 그 날이
항상 마음속에 꽃처럼 산다
그날의 예쁜 때때옷 씨앗
고향 집에 심어 놨거든
항상 매화는 피어나고
나도 피어나고…

어머니가 온다

어둠이 꿈 꿀 거리다
생명을 위한 사랑이
뜨겁게 진통을 하고 있다
탄생 직전이다
환호 소리가
터져 나온다
아 해다
일출이다
밤새 달이 되어 꿈꾼 어머니
해가 뜬다
생명의 탄생이다

어머니 생각

하얀 눈도 어머니요
따뜻한 햇빛도 어머니요
추울까 눈을 내리고
추울까 햇빛을 내려준다

어머니 힘들지 않으세요
깊은 밤에는 어머니도 잠도 좀 주무세요
생전에도 그러시더니 눈 그만 내리고요
어머니 생각하면 춥지 않아요

대낮에도 낮잠도 좀 주무세요
솜이불 두껍게 깔고 덮은
구름 위에 누워서
이불 속에 있는 밥 내가 꺼내 먹을게요

매화의 꿈

숨 쉬는 생명에 사랑이 살고 있음을
온몸으로 보여준 매화꽃이여
별이 은하수를 품고 밤새도록
내려앉은 매화꽃이여
초승달이 내려앉아
보름달이 된 매화꽃이여
시 한 수에 그 사랑의 섭리를 담으려니
연필이 짧아 공책이 좁아
시인은 봄날의 품 안에서
매화의 꿈을 꾸니
꽃잎 하나 내려와
옛날처럼 내 손을 잡는다

어머니 눈이 보고 싶습니다

어머니 그 해 겨울 얼음도 엄동설한을 못이겨
온몸이 얼어버릴 때 물 위를 걸을까
얼음 위를 걸을까 눈 먼 어머니와 어린 아들

동냥밥을 얻어먹으려고 진눈발처럼 날리는 석양길
우리 모자 강물에 자리 편 얼음길을 부드러운 바람의 발처럼 걷습니다

그 얼음도 하룻날에 지쳤는지 물속에 주저앉습니다
우리 모자 물과 한 몸이 되는 시간 동냥밥 덩어리
눈꽃송이처럼 강물에 피어날 때 물에 떠내려가는 어머니와 나

물고기들도 어머니 눈물 내 눈물 먹으며 따라 울던 날
세월이 놓고 간 그 슬픈 겨울 지금도 흘러가는
겨울 강물 속에 어머니 얼굴이 보입니다

오늘 밤에 그때 그 달이 떠서 내 눈물을 품으며 어머니가 보고 싶어
저 하늘을 바라보니 어머니의 눈물인 듯 이슬이 내립니다
어머니 두 눈에서 내린 이슬일까요
꽃잎에도 풀잎에도 적십니다
어머니 눈은 떴는지요
이른 아침 햇살처럼

봄이 간다 꽃이 진다

꽃잎이 춤을 춘다
꽃나무에 내려앉아
사랑에 빠진 봄빛이 곡우 땅에 눕는다
봄비를 선율 삼아 바람의 손짓 따라
때 이른 늙은 봄 향기를
마지막 분수처럼 품어 낸 벚꽃
먼 길 떠난 자식의 뒷모습을 바라보는
어머니 앉은 흔적을 품고 있다
산꽃도 4월을 보낼 보따리를 구름에 품고
들꽃도 봄을 보낼 시간을 바람에 챙긴다
어느새 어머니가 걷는 논두렁에 벌레가 운다
못자리 자장가처럼

백곡百穀의 풍년가

청명 입하 사이 곡우 무렵
비가 오면 풍년이라 백곡을 기름지게 한다
자연의 섭리 따라
세상의 인연 따라
날이 운다 비가 온다
비에 젖은 꽃잎이 봄길을 떠나간다
봄날에 얼마나 세상을 향해 웃었는지
피곤도 했을 거야
늘어진 하품을 한다
그 사이 나무 이파리 실가지까지
푸른 하늘 별밭이 내려앉았다
산안개가 짙어지고
하늘 구름이 낮아지니
풀벌레 긴 꿈을 깨우나 개구리 노래
풍년가의 전주곡일까
어머니 품안처럼
곡우 땅에 볍씨가 안긴다

인생길에서

인생은 길을 가는 것이다
고속도로처럼 잘 뻗은 인생길도 있고
고갯길처럼 꼬불꼬불 좁은 인생길도 있다

좁은 길 천천히 간다고
나쁘다고 할 수 있을까
넓고 빠른 길은 목적지에 빠르게 도착할 수는 있어도
사계절 꽃길 풍경을 구경할 새도 없이 지나친다

사람들은 꽃길을 걷고 싶어 하는데
알고 보면 돈길이고
꽃길은 들러리일 뿐이다

하늘에는 좋은 구경거리 예쁜 꽃도 많으니
세상 것은 필요 없으려나 보다

작은 풀꽃까지 자세히 보고 사는 나는
그 많은 세상 꽃을 언제 다 볼거나
이러다가 하늘 꽃구경을 못할 것 같아 걱정이다

인생아 속지 마라

비가 땅을 가려 내리고
바람이 공간을 가려 불어오더냐
햇빛은 담너머에도 비추고
달빛도 어둠이 있는 곳에 내린다
추운 겨울이 산에만 오고
더운 여름이 바다에만 오고
시원한 가을이 나무에만 오고
따뜻한 봄날이 꽃에게만 오더냐
밤이 되면 다 어둡고
낮이 되면 다 밝아진 시간 속에서 인생이 산다
다만 돈 가지고 장난치는 것이다
삶을 찾아 살아야지
돈을 찾아가는 인생 바쁘고 빠르게 살 수밖에 없다
세상길은 빨리 가도 되고
하늘길은 느리게 가도 되는 것이더냐
사람은 세 살 버릇 여든까지 간다
죽을 때까지 간다
속지 마라 그 어둠과 밝음을
그 빠름과 느림을
이 땅에 살고 있는 인생은
다 자연의 섭리대로 사는 사물일 뿐이니

겨울 꿈이 있어 좋다

겨울은 춥다
겨울을 보내지 않은 꽃이 어디 있을까
인생도 춥다
고생 없는 인생 어디 있을까
꽃도 눈보라 비바람 맞고 꿈을 꾸고
인생도 눈물 땀을 흘리며 삶을 가꾼다
겨울은 홀로 춥게 하지 않고
봄도 홀로 꽃피게 하지 않는다
나에게 겨울이 있을 때
봄이 오는 것이니
봄날에 너도 꽃 한 송이
나도 꽃 한 송이가 피어나면
꽃밭이 되지 않겠는가

아내는 봄이다 꽃이다

아내 가슴은 봄이다
아내 얼굴은 꽃이다
사람들이 묻는다
아내는 항상 인상이 좋아요
얼굴이 맑아요 밝아요
나이가 들어도 고와요 예뻐요
내 한 마디 대답
시집 올 때 혼수 대신
봄 흙 한 줌
봄 꽃씨 한 알만 가져왔거든요

신발의 이름

신발아 미안하다
내 못 생긴 발에 신발이 되어
물길 눈길에 빠지고
길가에 날카로운 병조각에 찔리고
더러운 개똥도 밟고
침도 밟고 쓰레기도 밟고
그래도 단 한 마디 힘들다 싫다 소리 않고 살다
내 발을 떠나간 신발아

어디를 가도 나를 추워도 더워도 기다려 준 신발
내가 벗어 놓은 그대로
몸의 날개라고 귀한 대접받은
옷과 비교하면 신발 너는 너무 희생적이었다

세상에는 신발처럼 살며
버림받은 사람들을 생각하니
부끄럽고 미안함뿐이다
이제는 신발을 내 발 보듯 너를 사랑하련다
옷을 날개라 한 것처럼
신발은 뭐라 이름 붙이면 좋을까

꽃 한 송이

얼굴을 씻으니 마음까지 깨끗해진다
방을 청소하니 마당까지 깨끗해진다
마당에 꽃을 심으니
온 동네가 꽃밭이 된 기분이다
꽃 우리 집에 심은
한 송이 꽃
너도 나도 심으면
온 세상이 꽃밭이 된다는 건 다 알고 있다
그런데 사랑이 없다

어머니의 노래

꽃잎이 피어나면 어머니 젊은 시절이 생각나요
낙엽이 떨어지면 어머니 늙었을 때 생각이 나요
어머니는 꽃이었고
어머니는 낙엽이었나 봅니다
그 꽃과 낙엽은 자연 속에 살지만
어머니의 젊음과 늙음은 내 마음에서 삽니다
자연이 영원하듯
내 마음도 영원하리라 믿습니다
무엇으로도 비할 수 없는 어머니 사랑 노래를
오월 푸른 바람처럼 온 세상에 불러봅니다

어머니 아버지를 불러봅니다

세상에 나서
제일 먼저 배운 이름
어머니 아버지
그 이름이 새싹처럼 피어나고 나무가 되고
이슬처럼 모아모아 강물이 되어
어머니의 이름 석자 산에 심어
구름도 바람도 메아리도 품고
아버지의 이름 석자 바다에 띄워
해도 달도 별도 안으시느라
얼마나 외롭고 힘드셨나요
산에서 흘러흘러 바다가 되니
이 자식은 어머니 아버지 삿대 돛대 삼아
배를 젓는 사공일 뿐입니다

바람난 장미

오월은 장미철
사람들은 길거리 담장만 보고 다닌다
장미에 홀렸나 보다
나는 앞만 보고 다닌다
장미보다 더 예쁜 당신을 집에서 실컷 보고 왔거든
담장을 넘어 얼굴을 내민 걸 보니
장미는 오월 바람인가 보다

둘 같은 하나

그리움이 담긴 그릇
사랑이 담긴 그릇
둘인 것 같지만
사실은 하나다
그리움은 사랑을 채우고
사랑은 그리움을 비우는 것이다
서로 행복을 위한 저울이다

사람의 말 꽃의 말

사람은 너무 많은 말을 하고 산다
꽃은 말 한 마디 않고 살아도
사랑 받고 사는데
삶의 길
장사꾼이 되지 말고 시인이 되라
그리 하면 꽃이 된다

점 하나

사람이
산 정상에 올랐다
돌 하나 나무 하나 밖에 존재 없는
키 하나 서 있다
하늘을 올려 보고
땅을 굽어보며
하늘 땅 속에 사람은 점 하나

푸른 님이여

푸른 오월 따라
무등산도 푸르고 광주도 푸르고 민주도 푸른데
이 땅의 푸른 산천 두고
푸른 하늘 가셨나
어머니가 풀어놓은 이 푸른 오월에
님이여 님이여
5.18이 부릅니다

빛고을 광주

꽃 피고 새가 우는 무등산에 오월은 왔는데
님 떠난 광주역에 어둠을 뚫고
기적소리 금남로에 울려 퍼진다
저 하늘 먹구름 바람을 품고
비가 되어 내리던 날
세월 가도 변치 말자
빛고을 광주
영원한 사랑을 찾아
세월 가도 잊을쏘냐
그날의 함성
생명의 바람이 되어

푸른 거울 속 얼굴

푸른 오월의 짙은 여름날을
시작하는 소만
푸른 보리가 익어가면
산에서는 부엉이가 울고
개구리도 울 준비를 한다

첫여름 꽃인 감자꽃이 피어나면
모내기 준비에 바빠지고
땡볕에 보리베기 타작 걱정에
머슴들의 등 가슴은 벌써 한여름 땀을 흘린다

푸른 거울 속에 보이는 오월의 사연
역설적으로 보릿고개의 마지막 고비로
허기진 가난한 배를 물로 채우니
굶주린 배에 눈물의 강물이 흐른다

화가의 언어

여름 기운이 일어나고
자연 만물이 점차 생장해
가득 찬다는 절기 소만
무한한 시간의 길에서 자연의 얼굴로 보여주고
때가 되면 갈길 올길을
해와 달처럼 만나고 헤어지는
자연의 그림
행동하는 화가의 언어
오월의 푸른 빛을 머금고
여름날 뜨거운 햇덩어리를 품기 위해
파랗고 파란 신록을 펼친 소만의 가슴이
계절의 여왕 어머니 사랑 같아라

바람 앞에 자동차

길 위에 달리는 자동차
바람을 따돌리며
앞서 가지만
어느새 또
내 앞에 앞장선 그 바람
아무리 과학의 발
자동차가 빠르다고 해도
자연의 발 바람을 따라 잡을 수 없다
자동차처럼 요란한 소리를 내지 않으면서
길가에 가로수까지 즐겁게 하면서

나무처럼

언제나 때가 되면 계절에 맞는 옷을 갈아입고
속과 같이 같은 몸을 보여준 나무야 나무야
너는 한평생 푸른 옷 한 벌만 입고
세월은 가도
푸른 마음 변치 않는 여름
너를 보니
내 인생 그 젊음 찾아
풀잎처럼 아장아장 네 발걸음 따라간다

주어진 인연들

저 들판에 풀을 뽑고
꽃을 심으면
꽃밭이 되겠지만
세상은 상대성 원리로 사는 이치
눈을 감고 꽃만 사는 세상을
상상하니
눈이 저절로 떠진다
잡초를 뽑으려니
잡초가 있어 더 예쁜
들꽃이 외롭다

삶의 행복

고단한 삶 속에 살면서
자신의 운명이 잘 났다는 사람 못 봤지
그러다 삶이 행복해지면
자신의 운명이 잘 났다고 하겠지
인생이란
어쩔 때는 겨울 구름만도 못하고
또 어쩔 때는
봄꽃보다 아름다운 거야
삶과 운명은 누구에게나 똑같아
미리 점치고 꿀 수 없는 꿈처럼
오늘 하루도 나를 위해 온 거잖아
삶의 행복을 만드는 시간
눈 앞에 있잖아

바람 길에서 길을 만난다

세상에 길은 많지만
길이 안 보일 때가 많다
눈 앞에 차번호만 보인다
사람의 뒷모습만 보고 따라간다
나는 그때 자연의 길을 생각한다

너와 함께라면
아무리 먼 길도
저 높은 구름도 흐르게 하고
저 깊은 강물도 흐르게 하는
저 넓은 바다도 흐르게 하는
어느 길에서나 만나는 바람 길처럼

세월은 자연을 그린다

6월 첫날
이젠 여름이다
5월 동안
푸른 얼굴 만들면서 쉬고 있는 나뭇잎이 차분하다
아침 일찍 일어나 푸른 빛으로 마음을 씻고
가고 오는 세월의 사연을 품은
6월의 숨 쉬는 가슴이
바람처럼 보인다
장미의 계절 5월이 고개 숙이니
6월의 가슴에 필 들꽃들이 아장아장 걸음걸음 모여든다
자연은 어느 것 하나
정해진 세월이 없는데
사람만이 흘러간 세월이 남긴 찌꺼기를 움켜쥐고 산다

명품 된 양식

논에도 밭에도 심지 않는 보리
사람들에게 버림받은 보리
산으로 들어왔다
어머니 품 안 같은 지리산으로
푸른 오월 산계곡 이야기 들으며
햇살 빛을 닮아 황금처럼 누렇게 익어간다
보리는 보릿고개를 넘어
공업 산업 지식 정보 디지털 인공지능 시대가 왔어도
옛날 양식이었던 보리
오늘날 고전 명품이 되어
지리산 골짜기에 세월을 보내고 있다

빈 마음에는 생명이 산다

부처님 마음으로 세상을 보면
생명이 인간의 것이요
재물은 땅의 것이니
온 사람마다
빈손으로 왔다
세상것 다 가지려고 발버둥치다
간 사람마다 빈손으로 간다
하늘에는 금은보화 쌓여 있다는 걸 어찌 알았을까
아니면 세상것 다 가지려다
동전 한 잎 쥘 힘까지 다 빠져서일까
아마도 그럴까 싶다
세상것 욕심 부린 적 없는 나는 어쩌지
빈 마음에는 생명이 사니
부처의 마음으로
세상에서 눌려 살아도 될 것 같다

장밋빛 인생은

마음에
장미꽃만 심을 꿈만 꾸는 사람들
눈에 보이는 건
오월 장미꽃뿐이다
오월이 장미를 데리고 가면
그 사람들 마음에는 꽃씨도 남지 않는다
그런데도 장미꽃 인생 무늬를 그리려고
해년마다 오월을 기다린다
그 마음 속엔 장미꽃만 필
울타리 담장만 높이 둘러쳐 있다
그 너머 살고 있는
자연 산천의 사계절 꽃들은 보이지 않는 게다

보리야 쌀이야

어젯밤 어둠을 덮고 논두렁에 엎드려 엉엉 개굴개굴
밤새도록 울던 청개구리가 눈을 뜨니 눈두덩이 탱탱 부어있습니다

들풀 잎에 늦잠을 자고 있는 이슬을 깨우며
어머니 아버지는 좁다란 논두렁길을 따라
금실 좋은 부부의 시간을 걷습니다

보릿고개 삶의 고개 눈물 보리 베고 나면
논에서 양식을 이룰 못자리 벼 씨앗들의 꿈이 펼쳐집니다

풀피리 꺾어 불면 산새가 날아올라 노래하고
들풀도 들꽃도 내 걸음 따라 놀던
옛날의 망종을 불러봅니다

보리야 쌀이야
세상 따라 사는 사람 인심일지라도
아버지 같은 보리
어머니 같은 쌀
네 그리움은 가슴에 있고
네 사랑은 세월에 있구나

인생은 빈 그릇이다

사람으로 나서 한평생
채우고 채워도 채워지지 않는 그릇
구멍이 나서일까 둘레가 없어서일까
채워진 흔적이 안 보인다
채울 수 없는 그릇
언제까지 배불리 채우며 살까
포기 안 한 그 신념도 좋지만
이 아까운 세월 다 가는데
다른 길을 찾아가는 삶이었으면

똑같은 인생

고속도로
1
2
3
4
5차선을 달리는 자동차
앞뒤 빨간 쌍불을 켜고
모두모두 똑같이 숨 가쁘게 달려간다
나쁜 짓하고 도망가는 걸까
도둑을 잡으러 가는 걸까
똑같은 도로 똑같은 빨간불 똑같은 속도
세상 사람들의 삶의 모습을 한 눈에 본다
어두운 하늘 길도
쌍불을 켜고 달릴까
빨간불 하나 보이지 않는 내 자동차
하늘길 가기 전에 세상길에서 멈추려나
캄캄해서 앞이 안 보인다

인생 세월

영원한 세월 무늬
눈으로 보이는 건 자연
마음으로 보이는 건 세월
내 마음에 살고 있는 영혼
그 사이에
삶의 시간이 끝날 때까지

무너진 시간

그 님이 보고 싶을 때
내 눈엔 장맛비가 내렸다
내 가슴엔 두근두근 쿵당쿵당
천둥소리가 들렸다
그러다 순간순간 번갯불에 달 보이듯
그님의 얼굴이 살짝 스쳐간다
나는 그 순간을 놓치지 않으려고
그 님의 얼굴을 밝힌
번갯불로 뜨겁게 몸을 태웠다

그 님은 소풍 때나 집에 왔을 때나
그 곳 그 곳 날씨가 좋았는지
사흘 낮밤 장맛비에 날지 못한
이곳에 사는 꽃을 보지 못한
벌 한 마리 심정을 어찌 알겠는가
무너진 담벼락은 다시 쌓을 수 있지만
무너진 시간은 누가 쌓아줄까

단오절 삶의 그네를 타자

단오라고 알려진 천추절은
설 추석과 함께 3대 명절이다
모내기를 끝내고 풍년을 기원하는 단오절에
여럿 풍습을 나누었지만
그중에서 남자는 하지 무렵
유월의 뜨거운 해의 기운을 품고
농사를 지키는 힘내기 씨름을 하고
여자는 청포로 머리를 감고
산천의 향기 부르는 그네를 탄다
자연의 섭리를 따르는 인간의 지혜가
생각하면 생각할수록 삶이 놀이가 된
시처럼 아름답다
그날을 그네에 불러 꿈을 꾸고
오늘을 그네에 태워
안 보이는 곳으로 저 멀리 날려 보내고 싶다

오르막길 내리막길

1년 반이 막 지났다
낮 길이가 가장 긴 하지
1년의 오르막길 뜨거운 한숨 몰아쉬고
또 새로운 1년의 푸른 내리막길이 시작됐다

오를 때는 산에 핀 꽃 웃음을 보고
내릴 때는 들에 핀 꽃 박수를 만나
인생 나날 꿈을 꾸고 싶은 소망 내리막길 문이 열린다
뜨거운 태양이 말한다

나랑 같이 가을로 가면 산에는 꽃보다 더 아름다운
단풍을 만날 수 있고 들에는 오곡백과가
생명의 양식으로 기다리고 있으니 봄날에 비하겠는가

겨울에는 1년을 사는 수고한 삶
쉬엄쉬엄 다시 꿈꾸라고
하얀 축복의 눈꽃을 내려주잖아
인생은 오를 때만 좋은 게 아니라
내릴 때가 더 좋아 욕심 많은 사람은 그걸 모르지
인간은 자연의 길이라는 것을

세월 품은 하회마을

옥처럼 맑은 낙동강 물줄기가
산도 품고 들도 품으며 굽이쳐 내린 하회마을

6백 년 역사의 집터에는 임진왜란을 예견하고
이순신을 조선 땅의 대문지기로 세워 나라를 지켜 낸
어둠의 달빛 같은 류성룡의 숨결이
산천의 바람이 되어 붙어 있는 것 같았다

류씨의 집성촌인 하회마을은 세상을 풍자 해학하는
하회탈춤이 깨어나서 양반놀이인 선유 불꽃놀이와
서민놀이인 별신굿 탈놀이를 하며 삶의 희로애락을 꿈꾸었다

돌아 돌아가는 낙동강 물줄기를 잡고
세월의 시간을 움켜쥔 돌담 서로서로를 부둥켜안은 채
역사를 이루고 있는 모습이 민족의 혼을 모은 몸이 된 자리다

소원을 이룰 600년 정자나무
조선의 푸른 영혼 빛이 된 낙락장송
하회마을 허리를 감싸고 6월의 푸른 하늘에
하얀 구름 선비 정신인 듯 하회마을에 내려앉는다

삶의 색깔 물 색깔

세상에서 정직한 건 물뿐이다
물이 그릇을 탓할까 환경을 탓할까
생긴 모양대로 채워주고 흘러가는 물
흘러가다 장애물이 있으면 넘어가고 돌아가는 물은
속이 다 보이는 맑은 색깔 하나로
자연을 돌고 돌아가며
영원히 산다
사람들은 몇 가지 색깔이 섞어졌는지 앞이 안 보인다

인생 눈물

눈물 없는 인생 누가 있으랴
울지 않고 태어난 인생 누가 있으랴
울지 않고 사는 인생 누가 있으랴
울지 않고 죽은 인생 누가 있으랴
인생은 눈물 한 방울의 세월 속에서 살아간다
슬퍼서 힘들어서 기뻐서 즐거워서 살아간다
사랑해서 이별해서 눈물을 흘린다

눈물이 많은 사람은 사랑과 생명의 귀함을 안다
눈물이 없는 사람은 사랑과 생명의 귀함이 없다
물이 스민 땅에 꽃이 핀다
물이 없는 땅에 풀도 나지 않는다
사람의 마음도 마찬가지다

인정 사랑은 사람의 꽃을 피워낸
생명의 물 같은 눈물이다
마음에 눈물의 호수 하나 파놓고 살았으면
아니면 마르지 않는 작은 우물이라도

길 위에 사람

새 길을 간다
헌 마음을 짊어진 채 그대로
무겁게 지고 새 봄날을 맞이한다
꽃 한 쌍이 피지 않는
깨달음은 온 세상 사람이다
시인이 우주만물을 사랑한 것처럼

하나는 현실 또 하나는 꿈
현실이 먼저인가
꿈이 먼저인가
낮이 먼저일까
밤이 먼저일까
현실은 꿈의 모습
꿈은 현실의 모습
낮에 화장한 얼굴을 볼까
밤에 세수한 얼굴을 볼까
한 거울 앞에 두 사람

시간을 두고

꽃피는 봄이 지나가고
계절의 여왕인
5월도 지나가고
1년 중 절반인
6월 하지를 눈앞에 두고 있는데
자꾸 뒤를 돌아본다
들꽃 한 송이 들풀 한 포기 사랑하지 못한 사람이
무슨 미련이 있을까
눈앞에 와 있는
시간을 두고
또 그렇게 보내려나

도산서원

매화를 사랑한 남자
한평생 매화의 향기로
인품 학문 사랑을 피워온 퇴계 이황
매화의 향기로 꽃다운 젊은 시절을 품어온 두향의 사랑
퇴계 서원에서 새롭게 세월의 꽃으로 맞이한다

푸른 소나무는 어찌 젊고 늙음이 영원히 푸르며
맑은 물은 처음과 끝이 어찌 맑으며
파란 하늘은 어찌 영원히 파라며
예쁜 꽃은 어찌 영원히 예쁜지

그들의 닮음은 멈추지 않고
세월 따라 흘러가는 길일 뿐 무엇이겠는가
퇴계가 일렀듯이
인간도 그치지 않고 그러하려면 인간으로 영원히 가지 않을까
자연 속에 흘러가는 인간이니

유월이 가도

파란 빛 빛나는 6월의 하늘
흰 구름 품고
이 산 저 산을 넘어가며
푸르고 맑은 빛으로 얼굴 씻은 수줍은 초여름 소녀 얼굴
그 초여름 사랑을 찾아가던 햇살
이제는 온 산천의 님을 다 만났는지 뜨거워진 눈길로
유월의 이별 노래를 부른다
가슴에 푸르게 푸르게 새겨진 유월의 사랑 악보를 놓고
장미꽃보다 더 아름다운 희망의 푸른 장미꽃
유월의 꽃을 그리며

장맛비 사랑

장맛비는 땅을 적시고
이유 없이 흘러가지만
그님의 그리움은 내 가슴을 적시고
깊은 호수처럼 고인다
시도 때도 없이 내리는 비
시도 때도 없이 밀려온 그리움
이슬비처럼 내리고 보슬비처럼
내릴 때는 생각할 여유가 있었지만
지금은 장맛비처럼 내리니
이제 호수를 넘어 사랑의 물난리가 났다
그님의 마음 하나면
무너진 둑을 다 막을 수 있는데
어쩌면 좋죠
님은 멀리 있는데

꾸준함만이 길이다

수적천석水滴穿石
물 한 방울이 바위를 뚫은 것은
그 힘이 아니라 '꾸준함'이다

아무리 큰 천둥 번개 벼락도
아무리 끓어오른 용암도
단번에 세상을 바꿀 수는 없듯이
사람이 가는 길도 마찬가지다
오직 꾸준함만이 꿈을 이룰 생명의 길일 뿐이다

넓은 바다는 한 방울의 물도
놓치지 않고 품는다
높은 산은 한 덩이의 흙도
마다하지 않고 앉는다
깊은 시인은 숨 쉬는 손으로
우주만물의 꿈을 그린다 했으니

구슬을 꿰는 시간

세상 만물 삶의 생애를
시를 쓰다 보면
시간이 가는지 오는지 모르고
세월 품에 푹 빠져 버렸다

사람의 눈으로 볼 수 없는
세상의 아름다움이 시인의 눈에는
영롱한 이슬 같은 구슬 빛이 보인다

저 구슬을 모두 꿰어 보배 시로 만들어야 하는데
그 양이 너무 많다 보니
하루하루 다 꿰지 못한다
그것을 안 이슬이 날마다 내려주지만

이 구슬을 다 꿰려면
나는 언제 저 아름다운 천국을 올라가나
사람들은 하늘 길 저렇게 빠르게 오르려고
바쁜 삶을 살고 있는데
이러다 나는 세상에서 이슬 구슬이나 꿰고 살
팔자로 떨어지면 어쩌나

불 꽃길

사람들이 가장 좋아한 꽃
어둠을 가르고 핀 꽃
바쁜 세상의 상징이 된
자동차 불꽃
비싼 차 싼 차
국산 차 외제 차
작은 차 큰 차
모두모두 빨간불 꽃을 달고 날아간다
어떤 자동차든 불꽃이 없으면 어둠을 달릴 수 없다
자동차 없이 못 사는 인생길도
자동차 불꽃과 같으니
누가 날며 살고 누가 달리며 산다고 할까
어둠 속에 큰 차 작은 차 빨간 불꽃일 뿐인데

생명의 노래

인생아 힘들다 하지 마라
바람은 한 번도 쉬어간 적이 없이 불며 살고
물도 한 번도 멈춘 적이 없이 흐르며 산다
마음이 무거우며 바람을 보고
마음이 어두우면 흐르는 물을 보고 살아라
그들은 어디든 가리지 않는 생애를 사는데
자연의 한 모습인 인생은 나만을 위한
바람 같은 숨이 있고
나만을 위한 물 같은 눈물이 있는데
무엇을 남기려 아낄 필요가 있을까 싶다
자연에 사는 생명 활동은 어떤 사물이라도
생사의 길은 다 같은 이치가 아니겠는가

내 삶의 공간

비가 내린다
어느 땅 어느 장소에도
똑같이 내린다
돌 위에 내린 비
나뭇잎에 내린 비
장독대에 내린 비
아파트 지붕에 내린 비
아스팔트에 내린 비
그들은 자신의 크기만큼 비를 담고 살며
누구에게도 적셔주지 못한다
산들에 내린 비와 논밭에 내린 비는
빗물을 품고 생명의 양식을 만든다
나는 무슨 그릇으로 삶을 살고 있을까
생명의 비도 담지 못하면서

장맛비에 몸을 씻는다

장맛비가 산천의 얼굴을 깨끗이 씻어준다
여름빛을 더 진하게 색칠하는
유월의 물감이
온통 푸른 언어를 그리고 있다

산천은 날마다 날마다
이슬도 모조리 비로 흠뻑 적신다
일 년에 수차례씩 몸을 씻어내는 산천처럼
자연의 한 생명인 사람도
때를 따른 섭리의 길을 닮아 살았으면 좋겠다

산천처럼 이슬로 비로 수시로 씻지는 못할망정
좋은 옷으로 몸의 때를 감추고
금은보화로 마음을 숨기고 사는 사람들
장맛비에 산천의 사물처럼 젖어 보라
하루라도 자연처럼 오래 살려면

칠월 고향의 향수를 부른다

앞산에 뻐꾸기 소리 노래한다
뒷산에 부엉이 소리 노래한다
들판에 뜸부기 소리 노래한다

내 고향 3박자 노래
나보다 먼저 정겹게 불어대던 시절
칠월의 아침을 깨웠다

붉은 태양이 닿기 전에 이슬로 얼굴을 씻고
세상을 뜨겁게 만났던 그리운 시절의 얼굴들
지금은 사람 욕심만큼 키 큰 아파트에 가려
산도 들도 보이지 않고

자동차 경적소리만 전쟁터 돌진 소리 괴성이 울린다
그래 봤자 세상 안인데
세상을 뚫고 갈 것처럼
내 갈길 비켜라
'빵 빵 빵'
세상이 싫은가 보다
나는 옛날처럼 살련다

칠월의 서정

가끔씩 햇살을 쉬게 하는
7월의 푸른 바람을 타고
나비들이 꽃잎처럼 날아와
칠월의 붉은 꽃 같은 가슴에서
오가는 세월소리 연주삼아 시인처럼 춤을 춘다

그 사이로 먼 날이 되어 버린 고향서정
거울 속에 내 눈앞에 비친
사람들의 얼굴이 집집마다 새어 나오는 불빛들이

반딧불처럼 반짝이는 칠월의 눈빛도 답답한지
밤부터 내리는 장맛비에 눈물을 섞는다
매미는 내 마음을 아는지
고향의 향수를 목청껏 부른다

두 마리 새

날아간다 날아간다
두 마리 새
한 마리는 꿈을 찾아
또 한 마리는 먹이를 찾아
눈이 밝은 새는 공간을 날고
눈이 먼 새는 새장을 날고
꿈은 공간 그릇에
욕심은 새장 그릇에 있으니

칠월의 들꽃

들꽃도
해 얼굴이 보이면 웃고
비 얼굴이 보이면 비운다

낮이면 사람에게 기쁨을 주고
밤이면 피곤해서 잠을 잔다

웃고 울지 않으면 들꽃이 아니다
생명이 있는 모든 사물은
희로애락이 있다

들꽃을 보면 우산 한 번 씌워줘라
들풀도 같이
밤길 지나갈 때 들꽃이 깨지 않게 조용히 걸어야 한다

자연이 내 집만은 아니다
생명의 향기가 꿈을 꾼다

이름 없는 들꽃

세상에서
사람도 이름 없는 사람은
눈에 잘 띄지 않는 외진 환경에서 산다
사람은 누구나 차별을 받고 산다
이름 없는 생은 서럽고 눈물겹다

사람은 모든 사물에도 차별을 둔다
꽃까지도
그래도 이름 없는 꽃은 당당하다
세상 사람들이 자기를 알아주든 말든
무명의 이름으로

햇빛이 내리면 함께 웃고
함께 비가 오면 같이 젖고
바람 불면 같이 흔들리며
오순도순 사는 모습은
꽃이 사람보다 낫다는 걸 보여준다
나도 들꽃 같은 인생을 살고 싶다

내 두 눈

얼굴에 달린 내 두 눈
내 얼굴은 보지 못하고
남의 얼굴만 본다
내 얼굴에 달린 눈
왜 가까이 있는 내 얼굴은 못 보고
멀리 있는 남의 얼굴만 볼까
알 길이 없어
마음에 물었더니
남을 보고 깨우치라는 것이란다
사람의 얼굴로 살기 위해 다시 마음에 묻는다
누구처럼 돈으로 그린
가짜 얼굴로 안 살아야지

길을 뺏긴 사람들

큰길은 자동차가 맹수처럼 달리고
작은 길은 주차가 짐승처럼 엎드려 있고
세상 좁은 골목길엔 개 고양이 놀이터가 되어 있고
사람은 큰길 작은 길 차 피하고
골목길 개 고양이 똥 피해 다닌다

자동차 판 개 고양이 판 세상길이
온통 주객이 전도되어
사람 길을 빼앗긴
사람 판은 술판에 있나 놀음판에 있나 투기판에 있나
이 모든 건 첫판이 잘못된 돈판에 들어선 게 원인이로다
돈 때문에 길을 뺏긴 사람들 신세꼴 좋다

세상의 초상

산에서 나무가 나무에게 말합니다
우리 함께 손에 손 잡고 숲을 이뤄 이 산을 지키자

들에서 풀이 풀에게 말했습니다
우리 함께 발에 발 잡고 이들을 지키자

산도 들도 지키는 나무 풀 같은 생명이 있는데
사람은 세상을 무엇으로 지킬까

자연에 손대는 것만큼 인간은 병들어간다
무위자연 노장사상의 바람 따라

사람의 자리가 아닌
세상의 자리를 지키며 살아가자

나무처럼 풀처럼 꽃처럼
같이 비를 맞을까
우산을 건네줄까

내 삶의 길

먹구름 달리는 세상길에
저 푸른 하늘이 흰 구름
한 보따리 보듬고 내게로 온다
어머니 눈빛처럼
햇살 손 손 손마다
내 젖은 몸을 말려준다
아침 일찍이 일어난
풀잎 마음으로
이슬로 얼굴 씻은 꽃잎 얼굴로
날마다 새로운 햇살 품은 길동무 되어
내 삶의 길
바람의 시간처럼
나란히 나란히

대서 고향의 세월을 부른다

천지가 적막한 한낮 장맛비가 세상을 울게 하고
귤빛 태양이 내리꽂는 불볕 아래
유리창이 먼저 뜨거운 살을 흐느적거린다

옛날 논두렁 밭두렁 어머니 발걸음 치맛자락 끌리는 소리
풀잎이 땀방울을 씻겨줄 때
뙤약볕에 매인 염소 뿔이 촛농처럼 녹는다

여름 더위 선전포고하는 대서 우주만물이 온 기운을 품는
황경黃經 120°에 이르면 물은 흙이 되고 흙은 물이 되며
풀은 삭아서 반딧불이 된다

장마에 돌도 자란다는 애호박과 오이 씨앗은 꽃이 되고
꽃은 씨앗이 되며 풀은 흙의 기운을 받아 나무처럼 꿋꿋이 선다

장독대 봉숭아꽃 채송화 손잡고 여름 놀이 곱게 물들이면
벼가 익어가는 꿈을 응원하는 매미
나무 등 뒤에 매달려 기운차게 노래하고
밤에는 달빛 가슴 안고 개구리가 노래하는
그 옛날 대서 내 고향 세월을 부른다

여름날 서정

옛날이 되어 버린
고향 땅에 내리는
비단 빛 햇살을 머금고
송알송알 익어가는 그 얼굴
언덕 너머 벌 나비도 향기를 찾아
하루해가 지는 줄 모르고
포도 넝쿨 사이에서 길을 잃는다
한여름 낮보다 더 뜨거운 가슴에
사랑으로 부둥켜안고 속삭이는 여름 포도 사랑
우리 인생사도 알알이 주렁주렁
포도 넝쿨 위에 달아놓고
서로의 마음을 한 몸처럼
여름을 품어 버린 달콤한 포도의 서정
여름과 잘 어울리는 사랑이 되고 싶다

여행길 사람의 노래

여행 누가 선물한 길일까
먼 옛날 마음 넓은 자연이
꿈을 펼쳐놓은 사랑의 길이었을까
새벽부터 시간의 숨결 바람처럼 모아모아
나보다 먼저 잠 깨고 기다린
동해바다 바라보니
내 눈빛이 내린 곳에 쉴 자리가 보인다

얼마나 그리움이 컸으면
그 넓은 바다를 뒤로 밀어내고
내 가슴에 스며들까
얼마나 사랑이 컸으면
그 깊은 바다도 얕다고
내 품으로 안길까

밀려오는 저 파도의 몸짓을 보라
부서져도 꿈의 춤 자락이고
부서져도 희망의 노랫가락이다
여행에서나 삶에서나
세월길 인생길 '일체유심조'가 아닐까

인생 시간 공부

세월길에서
인생은 시간 공부를 한다
누구라도 똑같은 시간
어떤 이는 시간을 온 몸으로 품고
어떤 이는 시간을 온 마음으로 품고
또 어떤 사람은 시간을 온 생각으로 품는다
사랑은 몸으로 자연은 마음으로 지식은 생각으로 품고
시는 몸으로 마음으로 생각으로 품는다
인생은 짧고 예술은 길다 함은
인생이 예술처럼 살지 못함이니
예술은 시간의 공부 속에서 잉태되는 새 생명이거늘
사람들은 왜 시간 공부를
낮에는 하루살이 그리움처럼 밤에는 불나방처럼
새로운 내일을 날지 못하고
시간의 늪에 빠져 나오지 못할까
인생의 시간은
오늘은 씨앗이요
내일은 꽃이 피어나는데
비바람 속에 꽃노래를 부르니
'맹인모상' 이구나

여름날이 좋다

여름날이 나를 껴안는다
붉은 햇볕이 내 얼굴을 뜨겁게 만지면
가로수에 매달린 매미
자동차 소리 귀를 막고
짜증스럽게 울어댄다
그 옛날 고향나무에서 울어대던
매미 동요 같은 노래가 그립다
땡볕 아래 불을 군불을 피운
도시의 아스팔트를 떠나
고향 텃밭에 청포도
주렁주렁 아기 송아지 마음같이
보기만 해도 싱싱하고 풍요로움을 만나고 싶다
텃밭에 여름 과자 가지 오이
감자 옥수수 단수수가 즐겁게 여름 잔치를 한다
무엇보다 고향에서 가장 큰 부채
늙은 정자나무가
단잠의 보따리가 되어
동네 사람들 여름 여행을 책임지는
그 옛날 시간의 길로 가고 싶다
여름비가 오고 덥다 해도
어느 계절이든 나쁜 계절이 있을까

인생길 꽃길

나를 위해 기다리고 있는 길
얼마나 많은 세상길인데
내 앞에는 오직 성공을 바라는
그 꿈길 밖에 보이지 않는다
힘들다고 싫다고 가지 않을 수 없는 세상길일까

꽃을 위해 만들어가는 길
얼마나 많은 산천길인데
그 꽃 앞에는 오직 꽃 필 꿈길 밖에 보이지 않는다
힘들고 싫다고 꽃피어 나지 않을 수 없는 길이다

누구나 인생길
꽃길이기를 바라는 길
꼭 오늘도 가야만 한다면
사람처럼 꿈꾸지 말고 꽃처럼 꿈꾸며 살아가라
꿈을 이루면 잊혀져 버린 사람은
시작 과정 결과가 모두 욕심뿐이니
곧 빛난 해는 달빛 없는
어둠의 발걸음이 될 것이니

뜨거운 사랑에 바람 한 점

입술에 묻은 밥알이 무거운 불볕더위다
나락 크는 소리에
동네 똥개가 짖는 땡볕 더위라지만
석양빛은 수줍어지고
빗속에 햇빛 속에도 오매불망 님 기다린
입추의 첫사랑 서늘한 바람 편지 받은 나무가 춤을 춘다

길가에 코스모스 하늘거리며 마중 얼굴
가을은 이미 예고되었으니
국화꽃은 햇살에 더 곱게 익어가고
풀은 바람에 더 무성하게 익어가는데
사람은 세월 간 줄 모르고 꿈속에 익어간다
거북이걸음 여름이 가는 소리 마지막 땀방울 얼굴을 적시고
종종걸음 가을이 오는 소리 첫 소절 멜로디 두 귀에 울린다

가을엔 어떤 빛깔 거울로 사람의 얼굴을 비춰줄까
화려한 단풍산이 될까
풍요한 오곡들이 될까
사람 같은 생각에 달려 있다
자연 같은 마음에 달려 있다

진리의 길

내 차 앞에 수많은 자동차가 달려간다
빨간불 노란불을 밝히고
캄캄한 어둠을 뚫고 나간다
자동차 발은 바람보다 빠르고 시간보다 앞서간다
그래도 어둠은
불빛이 지나간 자리를
소리 없이 메꾸어 준다
어둠과 어둠은 아무리 빨라도
누구도 갈라놓을 수 없는 길이다

세상 천국 하늘 천국

천국이 좋다
아무리 세상이 여행길이라 말해도
삶은 고행길이다
삶의 고행에서 벗어난 것은
한시라도 하늘 천국에 가는 것이다
모든 사람이 죽어서 천국을 가고 싶은 게
최고의 소원이다
누구나 언젠가 어차피 죽는 인생이다
지금 죽으면 천국에 갈 수 있다면
지금 당장 죽겠는가
대답하지 못하면
세상이 천국이 아니겠는가
빨리 살지 말자
빨리 사는 것은 세상 천국을 버리는 것이다
사람으로 나서 시처럼 세상 천국을 느끼고 살면
육의 천국을 넘어
영혼의 천국까지 만나며 산다

삼복이 간다

복伏에 굴하지 않고
화火에 대응하는 이열치열
자연은 사랑도 미움도 만남도 이별도
사람을 위한 것이니

초복은 충蟲을 죽이는 보신탕
중복엔 햇볕의 열을 이기는 삼계탕
삼복엔 찬바람부터 이겨내는 추어탕

더위야 삼복더위야
이젠 네 집 잘 찾아가거라
너를 쫓아낼 산들바람이
신랑 태운 천고마비 기운으로
신부 태운 꽃가마 빛으로 돌아오고 있으니
들녘에 푸성귀도 나풀거리며 노래하는
땀을 닦는 완성의 시간이 왔단다

선택의 두 길에서

아파트가 높이높이 올라간다
곧 하늘에 닿을 것 같다
이러다 보면
땅에서 가진 재물 하늘 오를 때
모두 가져갈 수 있겠다
금은보화가 가득하다는
하늘도 변했을까
부귀영화를 차별을 두고 있는 걸까
혹시 모르니 나도
재물을 모아 아파트에서 살아야 할까
산과 들과 물이 있는
별장에서 살아야 할까
하늘 아파트를 따르자니 세상이 울고
땅 별장을 따르자니 돈이 운다
1층 오두막에서 사는 사람
높은 하늘천국 언제나 오를까

땅집 하늘집

산과 들이 있는 자리
시멘트 옷으로 단단히 무장한
아파트가 높이높이 솟아올라
세상을 노려보는 당당한 기세다

아파트마다 세상 공중을
더 많이 차지하려는 악마의 손처럼
하늘을 잡으려는 듯
하루가 다르게 구름길 발목을 가로 잡고
전쟁처럼 치열하다

이러다 하늘 천국을 오르락내리락하며
사람을 낳고 키워 준 세상쯤은
한눈에 뭉개버린 하늘 천국이
내려앉은 아파트 옥상이 되겠다

세상의 얼굴 자연의 마음 산과 들은
주인 자리를 잃고
한쪽 귀퉁이에 헌 물건처럼 방치되어 있는데
산과 들에서 숨 쉬는 자연의 한 조각인 사람은
시멘트 아파트 속 화분 속에서
자연의 아름다운 생명을 찾는다

인생 소풍길

인생의 하루는 소풍 같은 선물이고
인생의 삶은 소풍 같은 선물을 아름답게 그려가는 빛깔이다
사람들은 그 아름다운 그림을
돈으로 벼슬로 그려 가려고 한다

똑같은 삶의 가치 방식으로 살아가다 보니
서로서로 경쟁이 심해
대다수가 불평불만 낙오된 인생으로 살며
돈과 벼슬에 이끌리어 짐 실은 소구루마처럼 끙끙대며 살아간다

그래도 푸른 산천을 보지 못하고
눈이 빠지도록 자동차로 꽉 막힌 도로만 달린다
공간을 보지 못하고 꽉 막힌 아파트만 고개가 빠지도록 올려본다
'정저지와' 고개 들어 하늘을 올려보는
우물 안의 개구리가 따로 없다

풀도 마음을 비운다

여름 장마 땡볕을 먹고 입고 무럭무럭 자란 풀
온 산천은 파랗고 푸른 옷으로 물들이고
세상 색깔이 되어 버린 풀도 때가 되니 마음을 비운다

이 들이 좁다
저 산도 낮다던
왕성한 풀의 꿈
가을 소슬바람에 실은
처서의 편지 한 통에
무성한 성장을 멈추고
여름 길 추억 속으로 들어간다

여름날 풀잎 속에서 울어대던 벌레 소리도
시냇물에 소리와 함께 맑게 흘러가고
큰 나무 품고 사랑 노래 부르던 매미도
마지막 늦장 여름 바람에 실려 갈 때
눈치 빠른 귀뚜라미 담장 밑에 자리 잡고 가을을 부른다

고개 들어 하늘을 보니
어머니 치맛자락 같은 푸른 마음에 하얀 구름
가을을 품을 듯 내려다보니
가을 첫 빛깔로 그린 코스모스 어서 오라 마중하는 얼굴이 곱구나

깨지는 거울

높고 푸른 가을 하늘을 올려 보니
티 하나 없는 흰 구름뿐이다
가을은 저렇게 깨끗한 마음으로
산천을 사랑하다 보니
오곡백과를 익게 하고
이파리를 물들게 하는가 보다
나는 누구를 익게 하고
나는 누구를 물들게 하는 가을 같은 시인이 될까
나는 아직도 시가 꿈꾸는 세상길을
징검다리처럼 건너뛰고 있다
다시 못 올 나의 꿈의 시간이
돌아올 수 없는 물처럼 흘러가고 있는 줄도 모르고
오래 길들여졌지만
깨질 수 있는
현실의 거울 속 길을
바쁘게 걸어가고 있다
꿈을 버린 현실은 깨지는 거울 같은 것이니

가을빛 바람

처서 땅에서는 귀뚜라미 등에 업혀 오고
하늘에서는 뭉게구름 타고 온다

뜨거운 여름 햇살도 고운 가을 햇살 앞에 돌아서는 처서다
여름 뜨거운 사랑을 먹고 자란 풀
가을 고운 사랑과는 궁합이 맞지 않는다

여름 동안 장마와 땀에 눅눅해진 옷을 말리고 마음까지 말린다
아침저녁으로 선선한 바람이 부는 이 무렵
옛 고향에는 김매기도 끝나 '호미씻이'를 한 뒤여서
농가에서는 한가한 때이다

그래서 "어정거리면서 칠월을 보내고
건들거리면서 팔월을 보낸다"라는 뜻으로
'어정 건들' 시기라고 한다

이 시기에는 모두가 내가 자연의 얼굴이 되니
물빛도 햇빛도 달빛도 하늘빛도 산빛도 사랑이 된 가을에
고운 가을 햇살 잡아 시를 짓고
맑은 가을바람 불러 시를 낭송하면 신선이 된다

꽃이 너에게 묻는다

꽃이 너에게 묻는다
꽃은 꽃을 탄생시켜 준
자연에게 약속을 꼭 지킨다
그러하니 영생하는 꽃으로 사랑받고 산다
너는 시를 탄생시켜 준
자연의 마음인
시에게 왜 약속을 안 지키느냐
그러하니 너에게 시는
씨앗 없이 떨어진
화무십일홍도 아닌
비바람에 떨어진 꽃잎에 불과한 인생이더라
세상 들판에서
꽃 흉내 내며 산다고
그 풀이 시꽃이 되겠느냐

사랑을 선택받은 계절이다

불이 꺼져가는 8월의 한여름 밤
쏟아지는 별빛을 바라보며 가을을 불렀더니
밤바람 타고 이슬을 내려준다
초저녁부터 울어대던 귀뚜라미
번쩍 정신이 들었나

달님이 내려앉은 돌담을 올라
가을 아침 햇살을 맞이할 때
부지런히 코스모스 머리 위에 날아다니며
짝을 고르던 고추잠자리
누구와 눈 맞았을까

훌쩍 공중을 날아가는데
줄지어 서 있는 코스모스
얼굴을 먼저 만지며
서로 좋아 웃는다
9월은 사랑을 선택받은 계절인가 보다

구월의 소리

구월의 초인종처럼 정겹게 운
귀뚜라미 소리
한여름 땡볕에서 목청이 터지도록 소리쳐 울어댄
매미 소리를 잠재우고
구월이 왔네 구월이 왔네
님을 찾아 구월이 왔네
산에도 단풍의 꿈을 안고 구월이 왔네
들에도 오곡백과의 꿈을 싣고 구월이 왔네
님이 오는 소리
구월이 오는 소리
가을이 시가 되는 소리

허수아비 인심

8월의 끝자락 늙은 여름을 밀어낸 젊은 9월
오곡백과 익어가는 노랫소리
가을바람 햇살 품고
여인의 치맛바람처럼 실어 날리면
어느새 만삭으로 황금빛 바다를 이룰 그 시간
말 많은 참새 떼 날아오면
욕심 없고 인심 좋은 허수아비
참새가 쪼아 먹으면 몇 알이나 먹을까
아무 말 없이 못 본 체
밀짚모자 내리쓰고
그냥 눈감아 버린다
세상엔 더 큰 도둑놈도 많은데

시인이 없는 가을

9월이 왔는데
9월이 가을의 마음을 그리고 있는데
사람들의 삶은 아직도 여름 땡볕처럼
돈만 그리고 있다
9월은 가을을 만났는데
시인이 없는 계절
자연이 없는 땅이 죽어간다
시인은 자연을 노래하건만
시 한 줄 쓸 수 없는 그 몸짓
어둠에서 꿈만 꾸니
언제나 누구에게 들려줄거나
차라리 메아리가 되어
바위를 품는 게 낫겠다

인생의 노래

짧은 가을
짧은 인생
짧은 것은 닮았다
가을은 짧지만 풍성하게 익혀서 남을 준다
인생은 짧지만 풍족하게 채워서 내가 갖는다
가을은 나누며 가고
인생은 끝까지 자기 앞으로 재산을 쌓아 놓고 죽는다
그 돈 하늘에서 쓸 것인가
인생은
가을 세상이 천국이니
가을 생각 구석구석
세월이 놓고 간
인생의 노래가 아닌가

코스모스 인생

그대도 어린 아이 시절이 있었지요
코스모스가 청군 백군 나란히 나란히 웃고 있네요
삶 빨리 달리면 이 코스모스가 점으로만 보입니다
저 어린 아이 사랑이 엊그제 같은데
세월 때문에 늙어진 게 아니라
그놈의 돈 때문에 늙어졌어요
세월은 그날의 코스모스 그대로인데
빨리빨리 달린 삶 때문에 나이가 먹었어요
세상 그 결승점도 빨리 도달하고 싶으세요
나는 시처럼 자연처럼
어린 아이로 돌아가 동시를 쓰며 동요를 부르며 살래요
코스모스 얼굴처럼

꽃의 꿈처럼

작은 꽃이 다 필 때까지
시인은
꽃의 꿈을 사랑하며
꽃이 불러준 대로 시를 쓴다

가을 백로

가을 흰 마음 산천에 흰 이슬이 맺히고
백로에서 추분까지 5일씩 삼후라 부른다
초후에는 기러기 날고 중후에는 제비가 강남 가고
삼후에는 뭇새들이 먹이를 모은다

세월길 떠도는 생명들
백로를 만나 마음을 씻고
코스모스 다리 밑에 들국화
가을 손님 화려한 선물을 받는다

가을빛에 곱게 단장한
백일홍 코스모스 머리 위에
아침 인사인지 짝사랑 구애인지
고추잠자리 일찍이도 맴돌고 있다

밤새워 쉬지 않고 내린
흰 이슬 햇살이 내리기 전
바람이 먼저 동그란 흰 이슬을 만지기 전
내가 먼저 옹달샘 찾는 토끼의 발걸음으로
가을 시간에 흠뻑 적시고 싶다

사랑의 햇살

나는 가을 햇살
그대는 가을 단풍산으로
아름답게 물들어 가고

그대는 코스모스
나는 고추잠자리
공중을 맴돌다

익는다 가을
채운다 가을
비운다 가을

꽃은 사랑을 부른다

꽃은
홀로 피든 어울려 피든

꽃은
돌 위에 피든
흙 위에 피든

꽃은
자리를 탓하지 않고
꽃답게 피어나서
사랑만을 부른다

꽃향기의 약속

시는
자연의 꽃이고
하늘의 별이에요
봄꽃이 피어날 때
산수유꽃 금빛 얼굴로 말했잖아요

여름꽃이 피어날 때
장미처럼 붉은 사랑으로 약속했잖아요
꽃향기처럼 속마음의 진실을 보여주세요

봄 여름 가을처럼요
가을은 자연 사랑
시 한 수에
또 마음을 비우고
찬바람 품고 낙엽이 일러주는
하얀 겨울길로
약속을 지킬 거예요

거짓말을 어둠 속에 그림자처럼 감추고
별을 따려면 안 됩니다
저 높은 산에 앉아
구름이 지켜보고 있습니다

가을 산 꿈

가을 산 나무
그대 생각으로 불태우는 꿈을 꾸고 있어요
이 밤이 지나면
사랑의 산으로 품겠지요
삶도 뜨거운 산을 닮았으면
시의 계절
가을 산에
님을 만나
사랑에 빠져
불타 오른 시인의 산이 되어

그 꽃 한 송이

몸을 낮추고
고개 숙이며 내려올 때 보였다
몸을 세우고
고개 들어 올라갈 때
보지 못한
돌 틈 사이
그 꽃 한 송이

가을 색깔 잔치

신발을 샀다
9월 가을 길을 걷는 신발
이 신발이 산을 오를 때면 가을 옷을 사 입고
그대 가슴에 안기면
내 얼굴은 울긋불긋 색깔 잔치가 되어
세상의 연인이 될 거야
9월 가을 단풍을 물들기 위해
나처럼 사랑에 빠져 있을 거야

고인돌 꿈

오천 년 세월의 자리
세상에 가장 긴 꿈의 시간
고인돌을 내려다보는 하늘도
그날의 파란 하늘이 흰 구름도 품고 있었을까
고인돌을 안고 있는 들풀도
그날의 들풀이었을까
고인돌은 그 세월의 비밀을 감추려는 듯
굳은 가슴을 열지 않고 있으니
사람의 상상이 현실이 되는 세상이건만
고인돌의 그날의 생사의
뜻은 아직도 꿈을 꿀 수 없는 대낮인데
어느 세월에 풀릴 것인지
가을 매미가 우는 그 속만큼이나 알 수가 없어
고인돌을 맴도는 바람 한 점 손에 쥐고
또 말없는 세월 길을 걷는다

가을 사랑이 온다

아침 햇살처럼 일어난 눈부신
동쪽 하늘 붉은 빛이 산을 품고 들을 안고 타 오른다
해와 달이
여름과 겨울이
팽팽하게 줄다리기하는 추분
여름옷을 완전히 벗고 가을 품 안에 안긴 첫 길에
세월도 자연 여행을 즐기는 길에 나섰다

불볕더위를 이긴
들판의 벼 이삭
황금빛으로 여물어가며
공손히 절을 하고
야무지고 사납게만 보이던 밤송이
입 벌리며 미소 지을 때
단감 대봉 땡감도 추분 햇살 놓칠세라
감나무 잎 사이로 얼굴을 내민다
맑고 밝은 달밤 아래
단풍 시절을 알리는
귀뚜라미 밤새워 이 산 저 산 잠을 깨운다

추분 사랑 반 그리움 반

춘분과 2분하여
남은
반년 시작하는
추분
높아진 하늘에는
가을로
접어든 백로白露와
찬 이슬 맺히는 한로寒露 사이
낮과 밤을
키 맞대는 추분이다
고추잠자리 햇살 따라 날개를 펴고
석양빛 날개 달고 기러기 하늘을 둥지 삼아 날고
더 파란 하늘 더 맑은 달이 뜨는
한가위를 눈앞에 둔 추분 이 밤은
사랑 반 그리움 반이어라

가을 단풍처럼

가을 햇살 줄기마다
단풍나무에 인연을 맺고
모양 따라 색깔마다
자연의 모습을 다 드러낸다

입에서 나온 말은
바람에 실어 멀리 보내고
마음속에서 꿈꾸어 온 언어
온몸에 물들어진
그 사랑의 언어 한 번 화려하구나

세월 따라 늙어가는 나이일지라도
그리움에 피어나는
님의 그 꿈은
가을의 얼굴이 된 단풍으로 피어난다

시간과 길

시간 따라 길을 찾는 님의 발걸음
낮과 밤을 비쳐준 해와 달처럼
왼발 오른발 삶의 꿈을 걷는다

봄 새싹처럼 피어나서
여름 햇살처럼 사랑하고
가을 백과처럼 익어가고
겨울나무처럼 이겨내는 계절의 꿈처럼

흙을 고르지 않고 피어나는 들꽃처럼
사람의 세상 어딘들
님의 얼굴 거울처럼 걸려 있지 않을까
땅에 꽃을 보듯 밤에 별을 보듯

가을의 소리

여름날
개구리 우는 소리
매미 우는 소리
풀벌레 우는 소리
기쁨인지 슬픔인지
그 사연 누가 알까만
가을 들어 사연을 들어보니
가을을 부르는 소리였구나

가을의 두 꿈

가을입니다
산은 단풍을 꿈꾸고 있습니다
가을입니다
나는 사랑을 꿈꾸고 있습니다

붉은 사랑 가을이
가을 산을 짝사랑하나 봅니다
얼마나 수줍으면
온 산을 붉게 물들입니다
나도 짝사랑할 때 내 얼굴이 그랬으니까
사랑은 가을이나
사람이나 똑같은
붉은 색입니다

보름달과 사람

추석 한가위이다
사람들은 고향을 가거나 여행을 간다
나도 달나라로 놀러 와서 시를 쓴다
시 한 번 밝고 둥글고 크다
시가 세상의 소망을 다 품어 버린
추석 보름달이 되었다

보름달의 꿈
세상 어둠을 밝히고
사람들은 보름달에
돈 벌게 해 달라고 소원 빌어
서로 맞지 않는 서로 다른 꿈

고향의 서정

집 나가면 고생이라
그 세월 수십 년 사람에 취하고
일에 취하고 돈에 취해 버린 무거운 삶
힘들고 지치면 어서 오라 어서 오라
무엇을 더 얹고자
무엇을 더 지고자 망설이고 있느냐

고향의 시냇물은 푸른 들판을 달리고 있고
고향의 인심 향기는 구름처럼 피고
부모님의 사랑 들꽃처럼 피어나는 곳
어서 오라 어서 오라

늙지 않는 고향의 풍경 이야기
산도 들도 강도 나무도 꽃도 새도
벌 나비도 기다린다
어서 오라 어서 오라
내 얼굴 닮은 땡감을 품고
까치가 노래하는 시절로
한가위 보름달보다
어서 오라 어서 오라

5천년의 노래

하늘이 열리는 날
시간은 하루에도 처음이 있고
한 달에도 처음이 있고
한 해도 처음이 있고
한 계절도 처음이 있고
사람도 처음이 있고
생명도 처음이 있어 오늘이 있으니
파란 하늘 흰 구름 얼굴이고 마음이라
배달민족의 기상
가을 기운을 쏙 닮은 모습
까마득한 그 날에 새벽을 알리는
새 바람소리 새 햇살소리
이 땅을 전하고 비추니
하늘빛 생명 구름빛 옷을 입은 단군왕검의 사람들
물에는 고기
산에는 나무
들에는 곡식
자연이 준 축복 받은 사계절 땅을 선물 받고
세월의 노래 삶의 노래
꿈의 노래를 부르는
5천년의 노랫소리
산천의 바람처럼 살아 있으라

한가위 세월

한가위 하늘도 밝고
땅도 밝은 날
하늘 가족 땅 가족의 그리움이 함께 만나는 날
아버지 어깨처럼 높은 푸른 하늘빛
어머니 가슴처럼 넓은 밝은 달빛이
내 얼굴에 옛날을 그려 놓은 날
고향의 들꽃도 감나무도
오곡을 지키는 허수아비까지도

보름달을 보며
꿈을 꾸고 희망을 걸었다
비바람 부는 더운 날에도
눈보라 치는 추운 날에도
꽃들이 웃는 날에도
낙엽이 우는 날에도
세상을 밝히기 위해
점 점 점 커 온 보름달을 보며 세월을 배웠다
커지면 작아지는 진리를 배웠다
풍요를 배우고 사랑을 배웠다
보름달을 닮아 살겠다는 삶을 배웠다

마음의 보름달

정자나무 가지 위에 내려앉은 보름달
한가위 소원을 풍만히 걸어 두고
달을 싣고 내려온 지붕 꼭대기엔 구름 한 점 쉬고 있다

돌담 둥지고 앉아 있는 나이 든 노란 호박이
보름달만치나 넉넉히 마당을 품고 있고
높아진 하늘엔 사람들 소원처럼
빛나는 별들이 총총히 떠오를 때다

어느새 휘영청 밝은 달은
어둡던 내 마음을 훤히 비쳐주니
이 밤에도 코스모스 들국화 웃는 얼굴이 대낮처럼 보인다
더도 덜도 말고 한가위 달은 내 마음에 떴다

멀고 가까운 진리

꽃은 스스로 피어난다
아니다
단풍도
스스로 물들어간다
아니다
햇살 비바람이 도와준다
사랑은
스스로 사랑해야 한다
아니다
내가 그대를 그대가 나를 도와줘야 한다
꽃은 겨울에 봄을 향해 꿈꿨고
봄은 그 꽃을 향해 가슴을 녹였다
사람처럼 생각하면 어렵고
자연처럼 생각하면 쉽다
인간은 자연의 한 조각이니

둘만의 두 글자

들꽃과 들풀
당신과 나

들꽃 옆에
들풀

날마다 나란히 나란히
비바람 불고 햇볕이 나도

어머니 거울

어머니 봄이 왔어요
어머니가 좋아하던 꽃이 피었어요
나 어릴 때 애들이
"너네 어머니는 눈이 없다. 봉사다"
하루에도 몇 번씩 놀림을 당하며 살았지요

어머니는 사람들 있는 곳에는 항상 수건으로
눈쪽을 가리며 고개 숙인 얼굴이었어요
한평생 밝은 눈으로 세상도 자식도 보지 못한 어머니의 가슴에는
반쪽 세상 모습을 보며 반쪽 아들의 얼굴이 그려져 있었을까요

어머니가 정월대보름날 동냥을 얻으러 갔다 오던 밤이었어요
"아가 당산나무 위에 보름달이 떴겠구나"
나는 어머니 얼굴을 보며 물었지요
"나는 어머니 눈에 당산나무에 가려진 보름달이 잘 보여요"
"아가 달은 마음에서 먼저 본단다 마음의 눈은 더 밝단다"

어머니는 마음에도 눈이 있는지 믿고 살아온 세월이었으니
내가 어른이 되어 어머니를 생각해 보면
어머니 눈을 그려주지 못한 것이 먹구름에 맺힌 눈물이 됩니다

저 하늘에 수많은 별 중에 어머니의 눈이 되어준 별이 있기를
소원하는 별을 볼 때마다 빕니다
마음으로 보름달을 본다는
엄마의 생명의 마음을 보름달이 소원 풀어주었는지요
생전에 해 드리지 못한 어머니의 눈은 하늘에 별이 되어
이제 두 눈으로 세상 잘 보고 있는지요
어머니 미안합니다

하늘에서 자식을 만날 때 별처럼 반짝이는
두 눈으로 이 자식의 얼굴을 보고
두 눈에서 용암처럼 끓고 있었을 뜨거운 눈물을 흘려보세요
어머니 봄비에 젖은 봄꽃처럼

고향의 풍경

선선한 바람 찬 이슬이 짝을 이룬 깊은 가을 길
가을 산에 오른 한로
바람 단풍의 꿈을 마지막 손질을 한다

눈먼 사람도 볼 수 있는
거울 속 같은 파란 거울 걸어 놓은 하늘 속으로
세상의 속물을 감춘다

우리 부모님 땀방울 소망을 이룬 고향의 오곡백과
들녘의 풍경 위를 제비가 떠난 길에 기러기가 날아든다

끝까지 소임을 다한 진실한 허수아비 품삯 한 푼 못 받고
시간의 품으로 찢어진 밀짚모자 벗고 들어설 채비를 한다

그래도 가을 내내 정든 참새 떼
허수아비 어깨를 주무르며
벼 이삭 하나 입에 물고
훌쩍 길 떠나는 그 옛날 서정이여

한글보다 아름다운 것 없다

아이야 네 이름이 꽃이라고 참 예쁘구나
네 이름을 누가 지어줬니
아빠 엄마
아이야 네 이름이 별이라고 참 아름답구나
네 이름을 누가 지어줬니
할아버지 할머니

부르기 좋고 말하기 좋고
쓰기 좋고 듣기 좋고
무슨 모습이든 표현할 수 있고
바람처럼 느낄 수 있고
구름처럼 볼 수 있고
물처럼 젖을 수 있고
훈민정음 28자로 과학을 뛰어넘는 상상의 어머니다

글과 말로 마음과 얼굴을 품는 한글의 집을
지어주신 세종대왕님 은혜로
우주 만물 중 인류에서
가장 아름다운 연인이라는
언어의 신비 시를 쓸 수 있어 고맙습니다

오늘만 살 것처럼

내일이 없는 것처럼
죽기 살기로 살지 마
그러다 힘 다 빠지면
가을 하늘 신세가 될 수 있어

하얀 구름을 다 써버린
가을 하늘 올려 봐
파랗게 멍들었잖아
얼마나 시리도록 아프겠어

작은 욕심 아니 큰 진실 씨앗이 꿈을 꾼
땅을 봐
오곡백과로 풍성하지 않는가

꽃의 생애처럼

예쁘게 피어 살아도 겸손하고
아름답게 살다 져도 조용하고
피어도 꽃이라
져도 꽃이라
자연에서 사는 인생
꽃을 만날 때
그 마음으로
사람이 꽃이 되고

10월의 마지막 밤사이에서

한 계절 종류마다 색깔마다 예쁨을 뽐내던 꽃들도
10월의 들국화까지
이제 시월 마지막 밤과 같이 시들어간다

큰산 작은 산 큰길 작은 길마다
자연미인처럼 아름다운
단풍은 붉고 곱게 물든 얼굴로
세상 거울 앞에 서 있다

늦가을 길에 내 걸음처럼
걸어가는 낙엽을 내려보는 석양 하늘
황혼 인생 나이처럼
누워 있는 모습 같아 마음 아프다

시월 마지막 밤은 소리 없는 가을바람처럼
가을과 시월의 향기
내 마음에 아름다운 추억
소중히 담아 놓으면
11월이 까치를 기다리는 홍시처럼
반가운 손님으로 나를 기다릴 것이다

인생 가을

가을에 오른다
한 발 두 발
산속 길을 걸으며
앞만 보고 앞만 보고
오를 때 듣지 못한 폭포 노래
오를 때 보지 못한 단풍 얼굴
높은 곳에 올라
뜬 구름만 보고
세상이라 하네
폭포는 내려가고
단풍도 내려오는데

단풍의 노래

시인의 고향
자연의 고향
피아골 단풍을 보지 않고선
단풍을 만났다 하지 마라
피아골 핏빛은 단풍도 물도 사람도 단풍이 되는 가을
사랑이 삼홍으로 물들어 지나니
지리산 주능선 천왕봉 노고단 반야봉 사이
삼도봉 젖줄을 머금고
이 땅 산중에 가장 긴 계곡의 걸음
꽃가마 태운 피아골이다
천공의 흰 구름도 붉은 단풍 물에 꽃이 되나니
가을 들국화도 부끄러워 단풍 옷을 입은
계곡 바위 아래 얼굴을 가린다

인생의 가을

가을비가 온다
모두가 잠든 밤에 소리치지 못하고 서럽게 운다
짧은 생애 긴 사랑으로
하늘에도 피고 땅에도 피었던 단풍
머리엔 별의 고향으로 발엔 땅에 꽃으로

그 자태 곱다 예쁘다 아름답다는 말로
찬사를 다 보낼 수 없었던 그 가을 얼굴이 비를 맞고
다른 시간에 적응할 몸을 씻는다

세상에서 가장 빛나던 빛깔이
자연도 이렇게 사는 것이라고
그 많은 화려한 색깔마다 머뭇거리지 않고
미련 없이 길 떠날 준비를 한다

단풍처럼 물들이지 못한 사람은
가을비가 온 줄도 모르고
아직도 단풍 꿈을 꾸고 있는데
때가 되면 선물처럼 내려준 단풍 가을이 간다
한 번 밖에 없는 인생 가을도 가고 있다

입동 서리꽃 인생

산에서 우수수 단체로 낙엽 되어 내려앉은 단풍
먼 산부터 가을옷을 벗고 겨울옷으로 갈아입고
땅으로 내려오는 모습이
곱게 늙은 얼굴이 어머니를 닮은 것 같다

또 단풍처럼 붉게 익어가던 감들을 보니
내 인생 모습이 생각난다
홍시는 얼굴이 붉게 터지도록 까치 사랑을 부르는데
나는 단감 장두감 땡감 홍시 중
누구를 닮은 인생이었을까

까치를 만나기 전 바람에 떨어진 홍시 신세
아니면 메마른 감나무 가지에
바람을 여미는 이파리 신세일까
은하수처럼 피어
겨울 첫눈보다 사랑한 서리꽃처럼
주어진 내 삶을 사랑하련다
겨울 하늘길에
둥지 찾아 기러기 한 마리 날아간다

인생 등불

밤에 산에 오른다
등불이 없으면
한 걸음도 갈 수가 없다
한 걸음 한 걸음
산 정상에
등불이 끌어올렸다
그런데
아침 해가 떠올랐다
내리막길
등불이 귀찮아졌다
그대의 인생길에
등불은 무엇인가

인생길

아무리 작은 꽃도
마지못해 피어나서
아무렇게나 살지 않는다
하늘과 땅은
작은 꽃은 다 피어날 때까지
햇빛도 바람도 비도 내려준다
인생 삶도 그러하니
돈이 없다 권력이 없다 걱정 마라
그도 저도 모든 것이 시계 초바늘일 뿐이다
아무리 아름다운 꽃도
나 홀로 피는 꽃이 어디 있고
아무리 잘났다고 하는 사람도
나 홀로 사는 삶이 어디 있더냐

인생의 새 꿈

젊음은 짧고 노년은 긴 세상이 왔다
인생 '60 갑자 120년' 을 살 수 있는 생명 길이 열렸다
이제 물리적 몸으로 살 수 있는 일은 없다
상상 창조로 정신적인 공간을
확장하며 할 수 있는 일을 찾아 살아야 한다
세상에 정치인도 교육인도 경제인도
달도 차면 기울듯
나이가 차면 그 직업을 떠나니
전문가가 아니다
노년에도 죽을 때까지 자유로운 전문가
예술인처럼 살아야 6십 갑자
긴 노년을 오래오래 살 수 있다
공자가 말하기를
인간의 속성에는 누구나
시적인 감정 감성 상상 창조 우주만물이 살고 있으니
예술의 본질인 시처럼 살아야 오래 산다
지금부터 6십 갑자를 시작하며 살아가면
우주만물이 내게로 온다

누구나 똑같아요

돈도 벼슬도 명예도 부질없다
온 산을 자신의 얼굴로 빨주노초파남보
신비한 색깔로 물들인
단풍보다 아름답고 능력 있는 사람 있으면
어디 한 번 나와 봐요
그대는 지리산 한라산 설악산 산천마다
단풍 산을 만들 수 있나요
들판에 들꽃은커녕
길가에 풀잎만도 못한 인생 앞에
무슨 색깔로 자랑할 건가요
가을은 아름다움을 겨울 가는 길에
밑천으로 깔아주잖아요
그대는 돈 벼슬 명예로 무엇을 할까
천국 갈 화려한 상여꽃 피울려나
시나 쓰며 우주 만물 품고 산 게
천국 가는 공부라

님의 홍시

저기 홍시 하나
누가 달아놨을까
소망 하나
사랑 하나
추억 하나
얼굴 가슴 속까지
가을 빛깔이 남기고 간
그 약속의 이름
세월이 마지막 남긴 붉은 쉼표
님을 만날 까치밥 홍시
님을 그린 내 미소처럼

11월 낙엽으로

낙엽은 돌고 돌아
떨어진 곳으로 다시 돌아온다
눈을 맑게 뜨고 올려 보니
빈 나뭇가지에 내 마음이 보인다
사랑이 보인다
11월이 보인다

사랑은 늘 아쉽고
이별은 늘 아프지만
이제는 지천명도 넘은 지 옛날
이순도 산을 넘고 강을 건넜으니
삶의 꽃을 피우지 못했어도
인생 단풍 물들지 못했어도
못다 한 마음은 낙엽처럼 11월이 간다
11월에 맑은 영혼으로

인생 노신사

세월 가는 낙엽을 보며
여러 가지 빛깔로 사랑을 그리던
가을을 두고
한 가지 빛깔로
겨울 가는 아름다운 노신사 인생
낙엽처럼 세상의 길이 되어
내 영혼의 젊음을 되돌아본다

첫눈

첫눈이 내리네요
아름다운 마지막 단풍이 얼마나 보고 싶었을까요
하얀 몸으로 단풍을 포근히 품고
온몸으로 눈물을 흘리네요
그대를 만날 때
내 눈물 같아요

빨간 산수유 열매에
첫눈이 내릴 때
만나자는 그 님은
보이지 않고
산수유 열매를 붙잡은 첫눈
찬바람에도 떨어지지 않네요

사람의 눈

귀도 눈도 입도 없는
하얀 눈은
눈만 있는지
그 먼 하늘에서 내려와 배고픈 겨울을 먹여 준다
귀도 입도 없는
하얀 쌀눈
우여곡절의 사계절을 지나
배고픈 사람 입으로 들어간다
둘 다 하얗다
둘 다 눈만 있다
사람의 눈
땅에서 저 높은 산을 우러러보고
산에서 저 넓은 세상을 우러러본다

자연처럼

자연에서
어떤 사물이 똑같이 살던가
아무리 예쁜 꽃도
모양 색깔하며 피고 지는 날
모두 다르지 않는가
사람도 꽃과 같은 자연의 산물이고
누구 하나 똑같은 사람이 없건만
돈 앞에서는 똑같은 욕심뿐이다
사람이 꿈의 상징인 빛나는 별 스스로 빛나고
사람이 사랑의 상징인 예쁜 꽃 스스로 빛나지 않는가
똑같은 삶을 살면서 앞서 가려고 경쟁하지 말고
우주만물의 유일한 나만의 존재인
사람답게 다르게 살아가라
별답게 꽃답게 사는 것이니
자연처럼 시처럼

12월의 열매

1년
365일
나를 얼마나 봤나
잊고 살았다
12월 들어
날마다
나를 본다
심지도 가꾸지도 않고
열매만
맺으려 한다

사람아 사람아

눈보라치는 추운 겨울이 없다면
무엇으로
따뜻함을 느끼겠는가
눈보라치는 추운 겨울이 없다면
꽃은 누구 품에서 피어나겠는가
사람의 언 몸을 녹이는
겨울이 없다면
어찌 따뜻한 그대 품을 알겠는가
꽃씨의 언 몸을 녹이는 겨울이 없다면 어찌 봄을 맞겠는가
겨울의 품안에서
설레는 겨울 사랑을 느낀다
세상에서 가장 사랑 받은
꽃들이 꿈을 꾼다
나도 꽃처럼 꿈꿀 수 있는 겨울 같은 가슴이 있으면 좋겠다

겨울 시간

겨울
사람도 살기 위해 참아낸다
겨울
자연도 살기 위해 이겨낸다
사람도 자연도
겨울을 포기한 봄은 없으니
얼음 속에 흘러 바다로 가는 물처럼
어차피 시간 싸움이다

봄

꽃이 피어야
봄일까
꽃 한 송이 피지 않는 겨울에도
당신이 있으면 봄이다
내 가슴 속 뜨거운 피가 흐르는 소리가 나는 걸 보면

세월 속에서

젊은 추억은 새털구름처럼 사라진 날이고
늙은 앞날은 붉은 노을처럼 피어날 날인데
과거는 다시 못 꿀 어젯밤 꿈처럼 지나가고
미래는 내일이 오늘 내 얼굴처럼 다가오는데
가고 오는 세월의 의미를
삶 속에서 찾을까
꿈 속에서 찾을까

12월 거울

365일 얼마나 걸었을까
뒤를 돌아보니
한 발 자국도 보이지 않는다
장맛비가 씻어갔을까
함박눈이 덮어 버렸을까
12월의
거울 앞에
낙엽은 쌓인 모습이라도 보이는데

길가에 꽃

낮밤을 가리지 않고
온종일
자동차 매연을 마시고
도로 화단에서 사는 꽃
천성으로 타고난 나
길가의 소음
음악처럼 즐거서 웃나
비바람이 가끔 씻어줄 뿐
핀 자리 환경 탓하지 않고
깨끗하고 화려한 너를
누가 꽃이라 부르지 않겠는가

그 자리

내 인연
당신을 피해 갈 길이 없었어요
내가 산 들 창공을 날아가는
파란 바람이었으니까요
사계절 꽃향기 실은
하얀 사랑이었으니까요
세월 가도
시작도 끝도 없는
그 자리

시계 바늘 사람

벽에 걸린 사발시계
12시부터 6시까지는
내리막길처럼 미끄러지듯 잘도 내려가더니
6시부터
12시까지 올라가는 길에는
한 발 한 발 초바늘이
11시까지 숨이 턱에 차듯 힘들게 오른다
그리고 12시를 1칸 남겨 놓은
11시부터는 몸뚱이가 천근만근 기진맥진 처진다
그래도 시계는 1시간으로 가고
하루로 가는 1분을 완성하기 위해
60초 약속을 정확하게 지켰다
사람도 내리막길은 숨이 차지 않고
물결처럼 내려갈 수 있지만
오르막길은 바람처럼 숨이 차오른다
시계 초바늘과 사람의 심장 두근두근 같지만
사람은 시계처럼 힘들어도 약속을 안 지킨다
그런데 시계를 보고 산다 사람이

백성의 나라

백성도 국가도 모두 왕을 위해 존재하던 그날에
"이순신은 백성이 조선이다"를 외치며 애국애족의 힘으로
임진왜란을 23전 23승 전승으로 이끌었다
백성을 이기는 권력은 없다
왕은 죽어도 백성은 영원하다
오늘날에도 국민을 이기려고 하는 권력은 다 무너졌다
사마천 사기에 이르기를 제일 좋은 정치는
첫째가 국민의 마음을 따르는 것이다
둘째가 이익으로 국민을 유도하는 것이다
셋째가 도덕으로 교육하는 것이다
아주 나쁜 정치는
법을 앞세워 국민에게 형벌로 겁을 주는 것이다
최악의 정치는 국민과 다투고 싸우며 이기는 것이다
가장 못 된 정치는 국가관 없이
국가를 굴욕적인 사국으로 만들어 가는 것이다
아무리 거센 비바람 광풍이 불어와도
풀씨는 뽑히지 않는다
그게 민초이다
들판이 있는 한 민초는 우주만물의 영원한 생명력이다

손님이 된 고향

부모님이 없는 고향
높은 산을 보아라
너른 들을 보아도
한 그루 나무를 보아라
한 송이 꽃을 보아도
한 포기 풀을 보아도
고향산천은 그대로인데
부모님 없는 고향에
나는 손님이었다

사람으로 살며

힘들 때
사람들은 운다
술을 먹는다
혼자 괴로워한다
하늘에 햇빛도 달빛도
별빛도 구름도
나를 피해 떠 있지 않다
땅에 물도 바람도 꽃도 나무도
나를 피해 멀리하지 않는다
단 돈이 문제다
하늘의 그것보다
땅의 그것보다
돈이 더 좋을까
난 이럴 때
자연이 되어
시를 쓴다
돈은 자연 앞에 낙엽 한 잎만도 못하다

풍경

너는 나에게
언제나 새로운 풍경이야
나는 너에게
언제나 새로운 날의 선물이야
세상이 근심 걱정이 없어진 날은
햇빛이 나는 맑고 밝은 날일 거야
내가 근심 걱정이 없는 날은
네가 활짝 웃고 있는 봄날이야
사랑의 씨앗
그대에 심어주면
내 마음에
핀 꽃
그대 얼굴이 될 거야

그 꽃

사는 동안
삶의 오르막을 오를 때
숨이 턱에 차오르며 힘들었지만
내 옆에
그대라는 꽃이 피어 있어
오를 수 있었어
고마워요
사랑해요
둘 자리
비 오는 날
꽃은 비에 젖어도 향기롭고
비 오는 날
풀은 비에 젖어도
싱그럽다
우리 둘이 있는 자리 그 꽃

인생도 자연이다

자연은 버리며 간다
인생도 자연이다
봄은 예쁜 꽃을 버리고
여름은 푸른 잎을 버리고
가을은 화려한 단풍을 버리고
겨울은 모든 것을 버리고
생명의 꿈을 꾼다
봄 여름 가을 겨울보다
무엇이 더 중한 것이 있던가
너도 춥고 나도 추운
이 추운 겨울에
따뜻한 불보다
더 큰
행복이 어디 있겠는가
빌딩에 난롯불이나
길가에 모닥불이나
가까이 할 수도 멀리 할 수도 없는 불 앞에
인생의 행복도 끝이 보인
불가근 불가원이 아니겠는가

뱁새 인생

돈이 나를 속일까
꿈이 나를 속일까
거짓이 나를 속일까
진실이 나를 속일까
꿈이 있어도
진실이 있어도
돈과 거짓이 앞서가는 삶의 걸음
뱁새가 황새걸음 따라가는 꼴이다
황새는 하늘 길도 날아갈 것 같은데
뱁새 인생은 강 길 하나 건너 가려도 이리도 힘든데
세월 동무 답답해서
뱁새 따라오든지 말든지 홀로 두고
황새들과
먼저 빨리 가면 어떠하지
이 넓은 세상에
나 혼자 외로워서

세월 길에서

365일 중
364일을 살았으면서
오늘 단 하루가 뭐가 그리 아까워서
하루 남은 길
봇짐 못 챙긴 나그네처럼 아쉬워 서성이는가

그게 가장 큰 욕심이니
열두 달
돈 벌 일 머슴처럼 부리고 살았으면 됐지
그 하루 더 부려서 살림에 얼마나 보탬이 되겠는가

세월은 일 년 강줄기 다 되어
넓은 바다로 들어가는데
그 강을 막을까 바닷물을 퍼 올릴까
한 번 내려간 물은 다시 올릴 수 없으니

별을 품는 새 꿈을 꾸고 살면
텅 비워 놓은
하늘 같은
내 마음에
삶의 별이 뜬다
그동안 별 뜰 빈 틈이 없는 삶이었으니

생애 시간

가로등 전봇대 사이
공중 그물처럼
집을 지어 놓은 거미집
갑자기 겨울 찬바람이 비까지 내린다
공중 그네를 탄 거미집
거미는 사투를 벌이며 어쩔 줄을 모른다
뛰어 내려갈까
그 전봇대 옆 처마 밑에 거미집 끄떡도 없이
거미들은 오밤중 꿈속에 잠들어 있다
하루도 서로 다른 생애

사랑의 선물

사람들은 지나온
365일을 고맙기보다는 못다 이룬
삶의 꿈을 아쉬워하며
한 해 마지막 시간인데도
욕심 보따리를 못 풀고 있다

나는 365일 동안 못 다한 사랑의 꿈을
그대 가슴에 눈송이처럼 쌓여
그대 닮은 하얀 영혼의 눈사람을 만들어
눈꽃송이를 선물하고 싶다

1년 동안
사랑해 줘서 고맙다고
오늘 아침부터 내 마음을 아는지
그대 가슴에 다 쌓이고 남은 하얀 눈이
길가에도 지붕에도 나뭇가지에도
전봇대에도
쓰레기통에도 쌓인다

사람은 세월을 그린다

•

지은이 / 임영모
발행인 / 김영란
디자인 / 지선숙
발행처 / 한누리미디어

•

08303, 서울시 구로구 구로중앙로18길 40, 2층(구로동)
전화 / (02)379-4514, 379-4519
Fax / (02)379-4516
E-mail/hannury2003@daum.net

•

신고번호 / 제 25100-2016-000025호
신고연월일 / 2016. 4. 11
등록일 / 1993. 11. 4

•

초판발행일 / 2024년 3월 25일

•

ⓒ 2024 임영모 Printed in KOREA

값 15,000원

•

※잘못된 책은 바꿔드립니다.
※저자와의 협약으로 인지는 생략합니다.

ISBN 978-89-7969-888-6 03810